Ouve-me

Ouve-me

LUÍS FILIPE ALVES

Conteúdo

PARTE UM 1

PARTE DOIS 5

PARTE TRÊS 11

PARTE QUATRO 15

PARTE CINCO 21

PARTE SEIS 25

PARTE SETE 31

PARTE OITO 37

PARTE NOVE 43

PARTE DEZ 53

PARTE ONZE 59

PARTE DOZE 63

PARTE TREZE 67

PARTE CATORZE 71

PARTE QUINZE 81

PARTE DEZASSEIS 83

SOBRE O AUTOR 91

NO PRELO 93

TAMBÉM DISPONÍVEIS 95

BREVEMENTE 95

PARTE UM

Não viera muita gente ao funeral de Filipa. O que era relativamente normal. A menina não estivera viva o tempo suficiente para fazer amizades, e os seus pais tinham-se isolado um pouco depois de se casarem. Só compareceram alguns parentes, meia dúzia de colegas de trabalho, e duas ou três pessoas que Joana nem fazia ideia de quem fossem.

Pensou em perguntar a Gonçalo, mas não teve coragem. Não era altura para essas coisas, e mesmo que fosse duvidava que o marido a ouvisse. Desde a morte da filha que ele parecia uma estátua, não obstante o facto de andar de um lado para o outro quando necessário. Mas não reagia a nada, e o rosto dele parecia esculpido em pedra, fixo num ar perfeitamente neutro, como se não morasse ninguém lá dentro. Também isso Joana presumiu ser natural. Devia ser o tal choque de que as pessoas falam. Não sabia, nunca tinha visto ninguém nesse estado, e menos ainda passado por ele. Mas devia ser.

Joana olhou em volta. O cemitério era enorme, cheio de lápides e campas. As poucas pessoas presentes tinham dificuldade em colocar-se de modo a não pisar nenhum túmulo. "Tão pequeno que é o caixão", pensou Joana, "e mesmo assim quase não há espaço."

Ocorreu-lhe subitamente quão frio era aquele pensamento. Afinal de contas, morrera-lhe a filha, e eram essas coisas que lhe vinham à mente.

Mas simplesmente não conseguia pensar no assunto. Lá no fundo sentia saudades da menina, mas de resto... Nada. Sentia-se cansada, mas de resto normal, ainda que um pouco distante. Talvez por isso dava consigo a analisar o que a rodeava. Estava desligada. Era como se tudo se estivesse a passar na terceira pessoa, como se estivesse a assistir a um filme em três dimensões e tempo real, mas nada mais.

Joana pensou que até com isso se devia sentir mal. Pensou, mas não sentiu.

À sua volta, pessoas com quem não sentia qualquer ligação choravam como se lhes tivesse acontecido a maior das tragédias. Ao seu lado, Gonçalo mantinha-se imóvel e inexpressivo.

Aos seus pés, o pequeno caixão era baixado para a terra, com um padre a declamar baboseiras que Joana nem se deu ao trabalho de tentar ouvir.

E dentro de si, no sítio profundo onde tinha um pouco de saudades da filha, algo mudou. Algo morreu.

Ouviu-se a si mesma largar um grito, sentiu o seu rosto a inundar-se de lágrimas, sentiu as suas pernas perderem as forças, as suas mãos e os seus joelhos a caírem na terra, mãos alheias a tentarem levantá-la.

Gonçalo nem olhou.

Alguém a ajudou a levantar-se, mas Joana não fazia ideia de quem. Não fazia ideia de nada. Nem de onde estava, nem com quem, nem porquê. Só sabia, de uma forma primária e irracional, que aquela caixa de madeira que agora alguém estava a tapar com terra levava lá dentro a parte mais preciosa de si, e que nunca a teria de volta.

Instintivamente, Joana chegou-se a Gonçalo, e pela primeira vez desde que decidiram casar, apoiou-se no braço do marido. Agarrou-lhe a mão, e apertou com toda a força que tinha, que não era muita. Gonçalo não devolveu o gesto. Retirou a mão, e deu dois passos para o lado, deixando Joana de pé por si mesma.

PARTE DOIS

Por norma, em casa de Gonçalo e Joana não se acendiam luzes desnecessárias. O conceito de desnecessário, no entanto, tinha evoluído com o tempo. No início eram todas as luzes que não fossem as da divisão onde se encontravam. Agora, era frequente nem sequer terem a luz principal acesa. Se estavam a ver televisão na sala, não acendiam a luz do tecto. Se estavam no quarto a ler, bastava a da mesa-de-cabeceira. Se estavam na cozinha, então acendia-se a luz para cozinhar, mas para comer bastava a do pequeno

5

candeeiro na mesinha.

Como consequência, era fácil ver o que tinham imediatamente à frente, mas não viam tanto do outro quanto Joana desejaria. Não que fizesse grande diferença. Não costumavam olhar-se muito. De vez em quando, durante as refeições (normalmente o jantar, porque Gonçalo nunca almoçava em casa, mesmo quando não trabalhava), Joana deitava um olhar discreto ao marido, na esperança de lhe ver os olhos. Tentava convencer-se a aceitar como normal o facto de já nem sequer se conseguir lembrar da cor dos olhos dele, mas no fundo, tinha esperança de os ver a olhar para si. Por isso todos os dias, todas as semanas, todos os meses, ela olhava sempre. E nunca os via.

- Que tal está o strogonoff? - Perguntou.

- Bom. Está bom.

- E o teu dia, como correu?

Gonçalo encolheu os ombros, sem interromper a sua refeição.

- Normal.

"Ao menos respondeu", pensou Joana por um segundo, antes de se recriminar interiormente.

Não estava a ser justa. Ele podia não ser dado a conversar, mas respondia sempre. Ou quase sempre.

Gonçalo estava quase a terminar. Antes que ele fosse para a sala, Joana decidiu que não tinha nada a perder.

- Estava a pensar. Lembras-te daquele cafezinho em Sintra onde comemos os travesseiros?

A resposta não veio logo. Gonçalo fez questão de comer as suas últimas duas garfadas, e de levar o guardanapo à boca, respondendo enquanto a limpava.

- Vagamente. Porquê?

- Podíamos ir lá este sábado. Parece que vai estar bom tempo.

Por uma fracção de segundo, Gonçalo olhou-a nos olhos. Joana sentiu-se a responder com um sorriso.

- Fica para outra vez. Este fim-de-semana não me dá grande jeito. - O olhar foi-se, e Gonçalo levantou-se da mesa - Vou ver as notícias.

Joana parou por um segundo, pensando se deveria comer ou não o resto do seu strogonoff.

7

Não lhe apetecia. Acabou por decidir não comer. Levantou-se, deitou os restos para o lixo, e voltou a colocar o prato em cima da mesa. Não tinha energia para arrumar nada, até porque era a vez de Gonçalo. Mas tal como nas outras vezes, ele deixava para o dia seguinte, em que seria a vez de Joana, e ela limparia a loiça suja dos dois dias.

Ainda pensou em ir para a sala ver televisão, mas não se sentia com força para passar mais um serão ao lado do marido sem trocarem palavra. Preferiu ir directamente para a cama, e talvez ler um livro.

As suas colegas aconselhavam-lhe sempre romances pirosos, coisas tipo Harlequim, e aquelas histórias foleiras de vampiros. Joana preferia histórias com mais substância. Histórias de aventuras, com heróis corajosos, viajando pelo mundo para enfrentar o Mal.

Agora estava a tentar ler um livro do James Bond, ainda escrito pelo Ian Fleming. Era difícil. A história interessava-a, mas o protagonista repugnava-a. Ao contrário dos filmes que vira quando era miúda, Bond nos livros era um monstro, um homem bruto e cruel, perdido no meio da sua própria violência, não sabendo como escapar dela, nem sequer sabendo se quer escapar. Por várias vezes, Joana tentou pousar o livro, mas acabou sempre por voltar a ler. Era algo que tinha descoberto bem cedo: era incapaz de deixar uma história a meio, por pior que fosse. Tinha sempre que saber como terminava.

Quase sem dar por isso, e bem mais depressa do que desejava, as horas foram passando, e eventualmente Gonçalo veio para o quarto. Joana pousou o livro, apagou a sua luz, e virou-se de costas para o marido, ficando quase no extremo da cama. Pouco depois, sentiu Gonçalo a deitar-se. Presumiu que também estivesse na ponta, uma vez que sentia espaço vazio atrás de si, e a cama não era assim tão grande.

- Até amanhã. - Murmurou ele.

- Dorme bem. - Respondeu ela sem sequer pensar.

Nenhum dos dois conseguiu dormir rapidamente. Joana sabia que Gonçalo estava acordado, porque ainda não ouvira aquele ressoar baixo que invariavelmente indicava já ter adormecido. Pela sua parte, não dormia porque não conseguia parar de pensar.

Invariavelmente, as suas noites de insónia eram passadas a pensar em Filipa. Mas com o tempo, aprendeu como adormecer nessas ocasiões. Bastava-lhe pensar na menina, algures num paraíso sem nome, onde o Tempo e o Espaço não têm significado, e onde só existe felicidade. Isso ajudava-a.

Certa vez, partilhou isso com Gonçalo. Ele riu-se.

Não se lembrava de o ter visto rir muito mais vezes, pelo menos desde que casaram.

PARTE TRÊS

—————————

Gonçalo sabia sempre quando a mulher adormecia. O ressonar dela enchia o quarto de repente, seguido inevitavelmente pelo seu próprio suspiro. Naquela noite demorou, mas acabou por acontecer.

"Lá está a morsa", pensou. "Vamos ver se hoje me deixa dormir."

Por um momento, quase se perguntou porque mantinham aquela relação. Mas só por um momento. Fez por pensar imediatamente em coisas de trabalho, nas notícias do dia, basicamente em tudo o que não envolvesse de forma nenhuma a mulher com quem estava casado.

Todas as noites tinha que fazer o mesmo. Pior ainda, começava a ficar irrequieto, e a sentir a necessidade de se virar. Mas isso levaria a que ficasse a olhar para Joana, o que iria contra a intenção original, por isso forçava-se a ficar imóvel.

O resultado era que perdia horas a tentar adormecer, o que se reflectia na sua disposição geral. Toda a gente no emprego o conhecia pelo seu mau feitio, e poucos se davam com ele de forma amigável. Ainda assim, conseguia pelo menos manter uma produtividade razoável, apesar das poucas horas de sono. Devia-se mais às horas extraordinárias (e não remuneradas) que fazia todos os dias, do que propriamente à sua prestação durante o horário normal, mas preferia assim. Sempre tinha mais tempo para trabalhar sem ninguém que o chateasse, e não precisava de voltar para casa tão cedo.

⌐...

O som forçou Gonçalo a abrir os olhos.

Estava prestes a adormecer, mas agora via-se desperto por... Uma voz? Ele teria ouvido bem?

- ...

Definitivamente, era uma voz. Quase inaudível, não se percebia o que dizia ou a quem pertencia. Mas era uma voz.

- ...

- Joana. Joana, ouviste aquilo?

A mulher continuou a dormir, ignorando-o.

- ...

Voz ou não, o som permanecia indefinido, mas parecia vir da sala. Gonçalo desistiu de acordar Joana, e levantou-se devagar. Dirigiu-se à sala.

- ...

Tinha a certeza, o som vinha dali.

- ... ...

Era quase permanente, agora. Gonçalo deu várias voltas à sala, procurando a origem do som, da voz, estava certo de ser uma voz. Mas nada. Ouvia-a, mas não sabia de onde. Parecia-lhe vir de nenhum lado, mas de todos ao mesmo tempo. E começava a soar-lhe familiar, como se--

- Gonçalo? Que foi? Passa-se alguma coisa.

Na ombreira, mal conseguindo abrir os olhos, estava Joana, falando entre bocejos. Esperou antes de responder, tentando detectar a Voz ainda no ar, mas não conseguiu.

- Nada. Não é nada. Vai-te deitar.

- Nada? Então que estás a fazer a pé?

- Já te disse que não é nada! Vai-te deitar!

Joana olhou-o, franzindo a testa. Virou as costas e voltou para a cama.

Gonçalo esperou. Não se conseguia sentar, estava demasiado nervoso para isso, portanto andava de um lado para o outro na sala, esperando voltar a ouvir a Voz.

Não precisou de esperar muito.

- ...

Tal como antes, algo no som indistinto pareceu-lhe demasiado familiar.

- ... - Repetiu a Voz.

- ...Filipa? - Respondeu Gonçalo.

PARTE QUATRO

- Já é a segunda noite em que isto acontece. - Explicou Joana. - Acordo e pronto, lá está ele na sala.

- Mas só parado, sem fazer nada? - Perguntou Margarida, genuinamente curiosa.

Joana sabia o quanto a amiga adorava meter-se na vida dos outros, e pormenores bizarros fascinavam-na, por isso assim que apanhou uma hipótese de fazer uma pausa no atendimento, apressou-se a contar tudo à Margarida. Acima de tudo, contou-lhe porque precisava de desabafar.

Luís Filipe Alves

E porque ao fim e ao cabo, era a ela que contava tudo.

- Sem fazer nada. - Repetiu Joana. - Completamente vidrado, a olhar para o vazio. Mas com um ar concentradíssimo.

- E que diz ele que está a fazer?

- Nada. Perguntei-lhe só da primeira vez, ele disse que não estava a fazer nada. Da segunda já nem me dei ao trabalho.

Margarida suspirou.

- Juro que não sei o que ainda estás a fazer com esse tipo. Tens que ter coragem para seguir em frente, mulher!

Não era a primeira vez que Margarida dizia algo semelhante. Mesmo antes de Joana engravidar e casar-se, a amiga achava que ela e Gonçalo não estavam bem um para o outro. Mas como sempre, Joana apressou-se a mudar de assunto.

- Por falar em seguir em frente, como vai o tal projecto?

O rosto de Margarida iluminou-se.

- Vai indo. Já estamos a procurar um sítio para a loja, já temos as papeladas para formar empresa... Estamos entusiasmadas, mas não deixa de ser um passo enorme...

- E vai ser uma recompensa enorme também! Quando as coisas são certas, não se hesita! - Joana não conseguiu evitar um sorriso. Sabia o quanto ter negócio próprio significava para as amigas.

- De certeza que não queres juntar-te a nós? - Perguntou Margarida. - Ainda vais a tempo, e sabes como adoramos trabalhar contigo...

O sorriso de Joana desapareceu subitamente, embora ela se obrigasse a repô-lo de imediato.

- Não, eu gostava muito, mas não. - O olhar de Margarida forçou Joana a utilizar a sua justificação habitual. - Sabes que eu não tenho dinheiro para investir. Não me ia sentir bem.

- Isso são tretas. Tu precisas é de mudar de vida, mulher. Tens que dar um passo, seja em que direcção for.

- E vocês também. - A aberta para mudar de assunto era minúscula, mas Joana aproveitou-a. - Têm que chegar-se à frente e meter a loja a andar! Deixar o planeamento, e dar o primeiro passo concreto!

- E vamos, não te preocupes. Só que ainda não temos dinheiro suficiente, logo precisamos de esperar pelo momento certo para deixarmos os nossos empregos.

- Isso resolve-se com facilidade.

A voz viera de trás das duas mulheres, e apesar de a conhecerem bem, viraram-se para confirmar a origem.

- Se não voltarem às vossas cadeiras depressa, - continuou o dono da voz, firme mas pouco sério, - vão ver que a coisa resolve-se logo. Não vos pagamos para estarem na conversa, meninas.

- Vai-te lixar, Marco. - Joana sabia que Margarida tinha algum problema pessoal com o seu superior, mas mesmo assim surpreendeu-se com a agressividade na voz dela. - Nós já cumprimos os objectivos do dia! Temos direito a uma pausa, não?

- Sim, pois claro. - Marco pontuou a resposta com um sorriso trocista, e Joana suspirou de alívio. Um dia a coisa azedaria entre aqueles dois, mas felizmente não fora naquele momento. - Vão mas é para os vossos lugarzinhos, vá.

Margarida dirigiu-se para a sua cadeira.

Quando Joana se sentou na sua, Marco aproximou-se.

- Está tudo bem?

- Sim, sim. - Respondeu, forçando um novo sorriso. - Está tudo ok. Tudo ok.

Marco sorriu, aparentemente convencido.

- Óptimo.

Sem mais, virou as costas e foi tratar dos seus assuntos noutro lado. O sorriso de Joana desapareceu igualmente depressa.

PARTE CINCO

Era provável que o escritório onde Gonçalo trabalhava estivesse tão atarefado como habitual, mas naquele dia ele não prestara ainda atenção a isso. Ou melhor dizendo, ainda não prestara atenção a nada.

Assim que entrara, dirigira-se à sua cadeira sem cumprimentar os colegas sentados às outras duas secretárias iguais à sua, ou sequer o seu chefe, sentado na mesa maior no fundo do escritório, separado apenas por uma portada de vidro. Ligou o computador enquanto tirou o casaco, e sentou-se ainda antes de aparecer o pedido pela password.

- Ena, estás cheio de pressa, hoje! - Comentou o colega em frente. - Passa-se alguma coisa?

Apeteceu-lhe dar uma resposta torta, mas conteve-se. O Amílcar não fizera o comentário por mal, Gonçalo sabia disso. Aliás, era mesmo o colega com quem Gonçalo se dava melhor. Não valia a pena antagonizá-lo só porque sim.

- Não, está tudo bem. Ou na mesma, pelo menos. Quero só fazer uma pesquisa rápida.

- Desde que seja ou MUITO rápida, ou sobre trabalho, acho muito bem. - A resposta viera do Director de Departamento, que se aproximara sem que Gonçalo desse por ele. E trazia três pastas de processos na mão. E julgando pela espessura delas, processos complicados.

- Sim, eu não vou demorar, Alberto, esteja descansado. - Fez uma pausa, esperando que Alberto dissesse alguma coisa. Quando não o fez, Gonçalo continuou. - Isso é para mim?

- É sim senhor. - O rosto do director abriu-se num esgar malicioso. - Mas eu espero que despaches essa tal pesquisa rápida. Não te quero

22

distrair...

Gonçalo suspirou audivelmente, e arrancou as pastas das mãos do director.

- Pronto, dê cá, eu trato disso...

Praticamente largou as pastas em cima da secretária, adicionando-as a um monte onde já estavam outras cinco, menos espessas individualmente, mas ainda assim volumosas. Só então olhou para o director, e arrependeu-se de ter sido tão brusco.

- Gonçalo. - Disse Alberto de forma pausada e audível para todos os presentes. Pousou o indicador em cima do monte de pastas antes de continuar. - O teu feitiozinho não te faz muitos amigos, mas desde que faças o trabalho que tens a fazer, não me interessa. Não sei que tens na cabeça hoje, nem quero saber. TUDO ISTO é para estar despachado até segunda-feira. TUDO! E sem erros!

- Eu faço sempre o meu trabalho, Alberto. Alguma vez me viu a deixar trabalho para trás? Não vou começar agora!

- O problema é que estou a ver muita coisa a acumular-se nesta tua secretária. - Voltou a apontar para as pastas. - Quero ver este monte a diminuir RAPIDAMENTE.

O director fez uma pausa, esperando uma reacção. Gonçalo limitou-se a olhar para ele, esperando o mesmo.

Alberto cedeu primeiro. Virou as costas, e voltou para a sua secretária por trás do escudo de vidro. Gonçalo esperou que ele se sentasse, pegou nas pastas que acabara de receber, e colocou-as ao lado das que já lá estavam, dividindo o monte em dois.

- Problema resolvido. - Resmungou, tendo como resposta o riso contido de Amílcar.

Entretanto, o computador já aguardava a sua password. Gonçalo escreveu "filipA_or", e quando o arranque terminou, abriu o browser, e introduziu para pesquisa as palavras "vozes espírito".

PARTE SEIS

A rotina de Joana ao chegar a casa era sempre a mesma.

Parava por alguns segundos em frente à porta. Pegava na chave, enfiava-a na fechadura. Parava novamente, suspirava uma vez, e só então, lentamente, virava a chave e abria a porta. As luzes estavam sempre apagadas, mesmo nas raras ocasiões em que Gonçalo chegava a casa antes dela.

Por isso estranhou quando chegou, e encontrou as luzes acesas.

- Gonçalo? Já chegaste?

- Já, estou aqui...

A resposta não mostrava grande entusiasmo, mas pelo menos viera. Joana dirigiu-se à sala, onde encontrou Gonçalo, de costas para si, a fazer algo numa prateleira.

- Está tudo bem? - Perguntou ela.

- Está. Está tudo. E contigo?

O simples facto de ele ter perguntado como estava provou a Joana que algo estava errado.

Aproximou-se dele. Estava demasiado encostado à prateleira, logo o seu corpo escondia o que estava a fazer. Joana chegou-se a Gonçalo para tentar ver, e ele afastou-se instintivamente, deixando a descoberto o alvo das suas atenções.

No fundo da prateleira, entre a meia dúzia de livros e a moldura que a ocupavam (uma foto do casamento deles, uma das poucas onde sorriam), estavam dois objectos. Um era uma pequena ventoinha, semelhante às usadas para arrefecer o interior de computadores. Talvez fosse mesmo, mas estava adaptada para se ligar a uma pilha das pequenas, tipo telecomando. Apesar de pequena, criava um zumbido bastante audível, e o ar que deslocava também se fazia notar.

O outro objecto era um gravador digital.

- Que estás a fazer?

- Não estou a fazer nada. - Sem olhar para ela, mas percebendo que não se aproximaria mais, Gonçalo voltou à sua posição só pelo tempo suficiente para ligar o gravador, respondendo num volume tão baixo que Joana quase não o ouviu. - Agora cala-te e anda.

Gonçalo foi para a cozinha, e Joana seguiu-o.

- Mas afinal o que estavas a fazer? Para que é o gravador? - Perguntou Joana, cada vez mais curiosa.

Gonçalo explicou-lhe como se fosse a coisa mais normal do mundo. Joana desejou não ter perguntado nada. Mal conseguia acreditar no que ouvia.

- Mas... Mas tu queres gravar a tal voz?

- E então? Que tem isso? - Para surpresa de Joana, Gonçalo abriu um armário da cozinha, mostrando também lá um gravador e uma ventoinha.

- Mas aqui também??? Gonçalo, estás a deixar-me preocupada...

- Preocupada porquê? Que é que tens a ver com isso? Vai mas é fazer o jantar, ou coisa parecida, e deixa-me fazer as minhas coisas, sim?

Joana fez por ignorar a provocação.

- Claro que estou preocupada. Isto não é normal! Tu estás a ouvir vozes e agora queres gravá-las, não vês que isso é de doidos?

Ele olhou para ela nesse momento, com uma expressão contorcida de raiva. Um arrepio a percorreu a espinha de Joana. Mas em vez de dizer ou fazer alguma coisa, Gonçalo parou por um segundo, esfregou a mão no rosto lentamente, como se quisesse limpá-lo de algo, e quando retirou a mão a sua expressão tinha voltado ao normal. Soltou um suspiro.

- Já ouviste falar de EVP? - Perguntou.

- Hã? Não, nunca ouvi...?

- Quer dizer "Electronic Voice Phenomenon". Não há termo oficial em português, tanto quanto sei, por isso usa-se a sigla.

- Vozes electrónicas? - Joana sentia-se cada vez mais baralhada.

- Não, não é bem, as vozes não são electrónicas, os meios para as capturar é que são.

Cria-se uma fonte de ruído branco, como uma ventoinha, e grava-se o som ambiente por um tempo, tanto quanto necessário. Depois se for caso disso, elimina-se o ruído branco da gravação digital, e ouve-se o resultado. As vozes. Ou a Voz.

O arrepio voltou à espinha de Joana, e parecia não querer desaparecer.

- Gonçalo... De onde vêm as vozes?

Gonçalo hesitou antes de responder, e a pausa arrastou-se por uma eternidade.

- Dos mortos.

- Não digas isso, Gonçalo. - A voz saiu-lhe arrastada e pequena, arranhando-lhe os lábios - Eu sei o que vais dizer, mas por favor, não digas. Não digas...

- Eu acho que a Voz é a Filipa.

- NÃO É NADA! - O grito espantou-a, saindo antes que Joana tivesse noção sequer de que ia falar. E espantou também Gonçalo, a julgar pelo passo que deu para trás. Mas apesar da surpresa, Joana não se conteve, e continuou entre soluços secos. - NÃO É A FILIPA! A nossa menina morreu, Gonçalo! Ela foi-se! Fantasmas não existem, espiritismo é uma fantochada! Eu sei que isto tudo custa, mas não podes deixar-te levar por essas coisas.

- Eu sei que espiritismo não existe. - Respondeu Gonçalo no seu tom normal.

- Então como sabes? Então que é a voz?

- Não sei o que é. Não consigo ouvir. Mas é-me familiar, e sinto, eu SINTO, Joana, que a voz está ligada a nós. Por isso acho que é a Filipa. Só pode ser. - Gonçalo virou-se, e ligou a ventoinha no armário. - E é por isso que quero ter a certeza.

Joana sentiu-se quase desfalecer. Era demais. Tentou segurar-se ao lava-loiça, mas não conseguiu, e acabou por deslizar por ele, ficando sentada no chão.

- Porquê? Eu não percebo... Porquê? - Dizia, mais para si do que para o marido.

Para sua surpresa, ele afastou-se do armário, acocorou-se junto de si, e sussurrou-lhe ao ouvido.

- Porque um de nós gostava dela, cabra.

Sem dar hipótese a respostas, Gonçalo levantou-se, e saiu da cozinha.

Qualquer dos casos, Joana não tinha palavras.

PARTE SETE

Nos dias seguintes, Gonçalo deixou de reconhecer a presença de Joana.

Não era só uma questão de não lhe falar. Ele andava pela casa, fazia a sua comida, tratava de todas as suas coisas, e acima de tudo mexia nos gravadores (passava a maior parte do seu tempo a ouvir as gravações e a reactivar os aparelhos), sempre ignorando a mulher. Todas as suas acções e movimentos eram feitos como se ela simplesmente não estivesse ali.

Pela primeira vez, Joana sentia-se aliviada com

a indiferença do marido.

A discussão na cozinha deixara-a tremendamente abalada. Não pela discussão em si, mas pelo que a fizera pensar sobre si mesma. Gonçalo tivera a audácia de acusar Joana de não gostar da falecida filha, e isso deixara marcas que não desapareceriam tão depressa. Mas o que mais a assustara era que Joana sentia que ele talvez tivesse razão.

Não completamente, claro. Joana amara a sua filha, com tudo o que tinha para dar, mesmo até ao final, e quando a menina morreu...

Quando a menina morreu, Joana deixou de sentir fosse o que fosse. E agora interrogava-se se devia ter sofrido mais, e se o simples facto de isso não ter acontecido significava que tinha razão. Aliás, bastava olhar para o impacto que a morte de Filipa tinha tido em Gonçalo, e comparar com o que tivera em si. Joana tentara refazer a sua vida, voltar a uma vida normal, tanto quanto possível, e apoiar o marido. Não o conseguira na totalidade, e mesmo o que conseguira fora com o esforço de ignorar uma dor imensa. Mas Gonçalo...

Gonçalo estava morto por dentro. Se Joana não o sabia antes, sabia-o agora. Algo dentro dele estava muito errado. E por mais que tentasse convencer-se do contrário, para Joana, isso acabava por provar que ele gostara mais da filha que ela.

Custava-lhe olhar-se no espelho durante esses dias. Tinha vergonha de si mesma. Era um alívio que Gonçalo não reconhecesse a sua presença, porque se ele o fizesse, ela sentir-se-ia ainda pior.

- Ouve isto.

Gonçalo tinha-se simplesmente materializado ao lado dela, com um dos seus gravadores na mão.

- Hã?

- Ouve isto.

Joana hesitou, mas acabou por aceitar-lhe o gravador.

- Como faço? É só carregar no play?

- Encosta ao ouvido. - O rosto dele tinha mais que a seriedade do costume. Algo nos olhos dele assustava-a.

Joana encostou o gravador ao ouvido, e

premiu a tecla. O ruído gravado da ventoinha surpreendeu-a, e teve que afastar o gravador por momentos, mas depressa o reaproximou.

Ouviu a gravação por alguns minutos, imóvel. À sua frente, Gonçalo parecia-lhe cada vez mais nervoso. O seu corpo estava irrequieto, ao ponto de bater continuamente com a ponta do pé no chão, acompanhando o ritmo de uma qualquer canção que só ele ouvia.

A única coisa que Joana conseguia reconhecer na gravação era a ventoinha.

- Então? - Perguntou Gonçalo, ansioso.

Joana devolveu-lhe o gravador.

- Não ouvi nada...

O rosto dele mudou de ansiedade para confusão.

- Como assim, não ouviste nada? Não ouviste a Voz? Bem lá no fundo?

- Que diz a Voz?

- Não sei, ainda não consigo perceber. Mas está lá.

- Não, não está, Gonçalo. Desculpa, mas acho que estás a imaginar coisas.

- Não estou nada! Espera...

Gonçalo pressionou freneticamente os botões do gravador, à procura de um qualquer ponto na gravação. Estendeu o gravador para o espaço entre os dois, e pressionou play, aumentando o volume ao ponto do ruído da ventoinha arrepiar Joana.

- Estás a ouvir?

- Só a ventoinha. Não oiço mais nada...

Gonçalo desligou o gravador. Já não parecia ansioso. Parecia decidido.

- Mas tu estás a gozar comigo?

- Não, não estou. Não consigo ouvir voz nenhuma na gravação. - Joana quase lhe disse outra vez que estava a imaginar coisas, mas sentiu que naquele momento, isso seria a pior coisa que poderia fazer. - Não oiço nada.

Ele ficou parado a olhar para ela. Joana não se conseguia mexer.

Finalmente, ele virou-lhe as costas.

- Eu sei o que tu estás a fazer. - Disse-lhe ele, enquanto se dirigia para o móvel onde recolocou o gravador. - Não penses que não sei.

Joana ia perguntar o que raio ele pensava que ela estava a fazer, porque não fazia ideia. Mas continuou imóvel, e ficou a observá-lo enquanto ele deu a volta à casa, verificando se todos os gravadores estavam a funcionar correctamente, e depois indo para o quarto, presumivelmente para dormir.

"Ele julga que eu estou a fingir que não oiço a voz de propósito", pensou. Só podia ser isso. E isso assustou-a imenso. A obsessão do marido estava a tomar proporções preocupantes, e ela começava a temer as consequências.

Joana dirigiu-se à cozinha, e retirou do armário o gravador que Gonçalo lá colocara.

Teria ele razão? Estaria mesmo naquela gravação algo que ela não conseguia ouvir? Ou seria mesmo algo audível, e estaria ela a convencer-se a si mesma de que não conseguia ouvir, com medo do que ouviria?

Ou estaria Gonçalo a enlouquecer?

A hipótese mais provável era também, de certa forma, a mais assustadora. E Joana não sabia o que fazer.

Quase sem pensar, Joana desligou o gravador, recolocou-o na exacta posição em que o encontrara, e foi-se deitar.

PARTE OITO

No final da tarde seguinte, a pausa costumeira antes de Joana abrir a porta demorou um pouco mais. Não sabia o que esperar de Gonçalo, mas sabia que não seria nada de bom. Passara o dia a pensar no assunto, receosa do que poderia acontecer, e raras vezes um dia de trabalho lhe parecera tão curto.

Desejou que o seu marido ainda não tivesse chegado, só para ter mais uns minutos antes de o enfrentar. Abriu a porta, e ouviu movimento vindo da sala, confirmando imediatamente que não ia ter sorte.

Gonçalo surgiu-lhe à frente quase do nada.

- Que é que tu fizeste? - Cuspiu ele.

Joana hesitou. Apesar de ter passado o dia a pensar no assunto, continuava sem resposta.

- Hã, olá... Como te, como te correu o dia? - Era uma resposta estúpida, mas saiu-lhe antes que se pudesse impedir.

- Que é. Que tu. Fizeste?

- Não é óbvio? - Endireitou as costas, tentando mostrar-se firme, e esperando que Gonçalo não lhe notasse os joelhos a tremer. - Desliguei o gravador.

- MAS PORQUÊ???? PORQUE É QUE FIZESTE ISSO? QUE É QUE ME QUERES ESCONDER????

- Esconder? Gonçalo, eu não te quero esconder nada. O que quer que tu ouças nessas gravações não tem nada a ver comigo...

- Então porque desligaste os gravadores? Hm?

Gonçalo esperou pela resposta, observando-a com um olhar tão furioso como acusatório. Ela própria não sabia bem que esperava conseguir desligando o aparelho. Fizera-o quase por instinto, e arrependera-se poucos minutos depois, mas não quisera correr o risco de voltar atrás e ser apanhada pelo marido. Agora arrependia-se de não o ter feito. E por mais que pensasse, não sabia o que responder. Deixou-se responder sem pensar.

- Porque as gravações estão a fazer-te mal. - Gonçalo revirou os olhos, e ela continuou. - Olha bem para o que estás a fazer. A tentar gravar fantasmas? Tu nunca acreditaste nessas coisas, Gonçalo, e agora estás obcecado com vozes de mortos? Pronto, admito que não devia ter-te simplesmente desligado o gravador, devia ter falado contigo sobre o assunto, mas isto assusta-me! TU assustas-me! E não sei o que fazer mais, porque de cada vez que tento falar contigo, tu não me ouves!

Gonçalo virou-lhe as costas, e ia sair do corredor, mas Joana pousou-lhe a mão no braço, e gentilmente tentou virá-lo para si. Ele acedeu, mas não a fitou.

- E eu preciso que me ouças, Gonçalo. - Continuou ela. - Sinto-me cada vez mais distante de ti, e sinto-te cada vez mais distante de tudo. Estou a perder-te. TU estás a perder-te. Não quero isso. Quero-te de volta...

Lentamente, sempre receando um gesto contrário dele, Joana levou a mão ao rosto do marido, e acariciou-o ao de leve.

- Quero-te de volta. - Repetiu. - Não te quero perder. Preciso de ti...

Ele fechou os olhos, sentindo a mão dela. Joana não lhe conseguiu ler a expressão. E então, ele falou.

- Não me podes perder. - Uma pausa, e abriu os olhos, fitando-a directamente. - Não me podes perder, porque nunca me tiveste.

Gonçalo agarrou o pulso de Joana, apertando-o enquanto o removia do seu rosto. Ela gemeu de dor.

- Não penses que me enganas, tu tens é medo do que ela me pode querer dizer. Mas ela é mais importante para mim do que tu, cabra.

Joana arrancou o pulso da mão de Gonçalo, e não sabia o que mais fazer. O terror paralisava-lhe o corpo, sentia-se incapaz de fazer qualquer movimento.

- Odeio-te! - Gemeu. - Odeio-te! Nunca te

amei, mas agora odeio-te!

Gonçalo fitou-a por momentos.

- Ainda bem. - Respondeu sorrindo.

Joana correu para o quarto, e trancou a porta.

Passaram horas antes de Gonçalo tentar entrar. Joana sentou-se na cama, com os joelhos debaixo do queixo, ouvindo a maçaneta a girar.

- Vai-te embora! Não te quero aqui!

A maçaneta parou.

- Não tens escolha. - Respondeu Gonçalo, quase num sussurro.

- Não tenho? - Joana falou com toda a falsa confiança que conseguiu. - Vamos ver se não tenho! Amanhã já vês se não tenho!

A maçaneta continuou parada.

- Que vais fazer?

- Vou-me embora! - Disse Joana. - Vou deixar-te de uma vez por todas! Cabrão! Eu mereço melhor que isto! Mereço melhor que tu!

A maçaneta mexeu-se uma vez, seguida de uma voz quase grunhida.

- Não. Não mereces.

Joana não respondeu, e do outro lado da porta só recebeu silêncio. Mesmo assim, não pregou olho nessa noite.

PARTE NOVE

Num canto relativamente isolado do café, Joana tomava o seu pequeno-almoço sozinha. Todos os dias era o mesmo: um café com leite, uma torrada, e um queque. Nada de muito original, mas sabia-lhe bem.

No entanto, naquela manhã não o conseguia saborear, ou prestar atenção fosse ao que fosse. Normalmente, gostava de olhar para quem entrava e saía no café (uma vez que era imediatamente ao lado do edifício onde trabalhava, não era raro cruzar-se ali com colegas seus), mas agora dava consigo a olhar para o vazio, quase alheada do que a rodeava.

- Joana?

Margarida tinha-se aproximado sem que Joana desse por isso. Não fizera por ser sorrateira, do ângulo por onde viera não tinha como fazê-lo, mas mais uma vez, Joana percebeu que tinha estado desligada de tudo.

- Ah. Olá. Desculpa, estava distraída. - Disse à amiga, forçando um sorriso.

- Pois, eu reparei. Já te tinha acenado duas vezes, e tu nem reagiste. E jurava que estavas a olhar na minha direcção...

- Pois. Desculpa. - O sorriso falso transformou-se num sorriso embaraçado.

- Amiga, que se passa contigo? As coisas com o Gonçalo pioraram? Passa-se outra coisa qualquer? Começo a ficar preocupada, palavra.

- Depois, Margarida. - Joana olhou para o relógio apressadamente, sem tempo ou vontade de ver as horas. - Agora temos que ir, senão chegamos atrasadas...

- Não não não. - Margarida colocou um braço no caminho de Joana. - Nem penses. Se

44

chegarmos atrasadas, então chegamos. Mas não te escapas com essa facilidade toda.

Joana deitou um olhar fulminante a Margarida, sem responder.

- Amiga - continuou Margarida. - Eu não quero nem posso obrigar-te a falar comigo. Se realmente não queres falar, só tens que o dizer, e não te chateio mais. Mas eu conheço-te. E acho que precisas MUITO de deitar cá para fora o que te vai na alma.

Margarida retirou o braço do caminho.

- Aqui não. - Disse Joana, acenando para a rua.

Saíram juntas do café, e Joana encaminhou-se para o pequeno jardim ao virar da esquina. Margarida seguiu-a. Sentaram-se num banco relativamente isolado, sempre sem trocarem palavra. Joana suspirou, tentando puxar coragem de dentro dos pulmões, e contou-lhe tudo.

Margarida não a interrompeu. Joana sentia-se algo nervosa, embora aliviada. Não fazia ideia de como a amiga reagiria, mas pelo menos tinha desabafado, e soubera-lhe bem.

- Já sabes para onde vais? - Perguntou

Margarida.

- Hã? - Joana não tinha a certeza de ter percebido bem. Não era, nem de longe, a pergunta que esperava.

- Se já sabes para onde vais logo, quando saíres de casa.

- Margarida, eu não sei se vou sair ou não.

- Não sabes? Como é que não sabes? Desculpa, esse homem anda a destruir-te aos poucos desde que a vossa menina se foi. Ele devia ter-te dado apoio, e pelo contrário, só te dificultou as coisas.

-...Não, isso não foi bem as--

- Não foi bem assim o caraças! Eu nem imagino o que passaste, acho que ninguém consegue imaginar. Mas ele também passou por isso, e deviam ter-se apoiado mutuamente. E ele não o fez!

- Sabes? Eu acho que eu é que o devia ter apoiado mais...

O queixo de Margarida caiu, mas fechou-se rapidamente a tempo de abrir novamente, desta vez libertando a sua voz, cada vez mais exaltada.

- Mas tu estás maluca???

- Não. Sabes, eu... - Joana quis chorar, mas conteve-se. - Eu acho que não gostava o suficiente da Filipa...

Não conseguiu dizer mais nada. A tristeza tomou conta de si. Margarida abraçou-a, e colocou-lhe o rosto no ombro.

- Ssshhh, não sejas parva. Não sejas tolinha, querida. Eu vi-te com a tua filha. Vi como a acarinhavas, vi como brincavas com ela. Vi-te literalmente radiante com ela ao colo, juro que brilhavas quando estavas com ela. E vi como sofreste com tudo o que se passou. Não me digas que não a amavas. Não acredito nisso. Amavas, sim. Eu vi o teu amor por ela, e tomara muita gente ser tão amada na vida inteira como a Filipa o foi enquanto cá esteve.

Joana ergueu a cabeça, e olhou Margarida nos olhos.

- Então porque é que o Gonçalo ficou pior que eu...?

- Desculpa?

Joana sentou-se direita, limpando os olhos, e tentando recompor-se, mas falhando.

- Guida, tudo o que tu dizes que viste em

mim... Não sei se viste ou não, ou o que significa. Mas eu vi tudo isso no Gonçalo. E o que aconteceu à Filipa... Matou-o. Simplesmente matou-o. O Gonçalo morreu por dentro.

- Está bem, mas por isso mesmo...

- Não estás a perceber. O Gonçalo morreu por dentro. Mas eu não. Deus sabe o que me custa, todos os dias, lembrar-me da Filipa e de que já não a tenho. Mas estou aqui. Estou viva. Quero continuar viva, quero viver! E ele não. E a única maneira que tenho de justificar isso é ele gostar mais dela do que eu. Ele tem razão, Margarida...

- Oh amiga... - Margarida procurava as palavras certas, mas Joana via que não lhe saíam fáceis. - O que o Gonçalo sente não é culpa tua. Tu não lhe deves nada.

- Devo, sim. Ele é meu marido, e se eu o tivesse apoiado como devia se calhar agora não estava a enlouquecer.

- Joana, não é culpa tua. Cada pessoa reage à dor de maneira própria. A dele, como tu dizes, foi morrer por dentro. Pronto, se calhar ele também não tem culpa de não te ter apoiado. Mas tu fizeste o que podias por ele. Não te culpes. NADA do que aconteceu, NADA, foi culpa tua. Diz-me: porque lhe desligaste os gravadores, afinal?

- Bom, foi como te disse. Não sabia o que fazer mais...

- Talvez, mas não foi só isso, e acho que sabes que não foi. Ainda agora me disseste: " O Gonçalo tem razão." Pensa bem, e diz-me lá. Porque desligaste os gravadores?

Joana mordeu o lábio. Percebia onde a amiga queria chegar, e mais que isso, percebia que a amiga estava certa.

- Não foi culpa tua, Joana. - Continuou Margarida. - Nem o estado em que o Gonçalo ficou, nem o que aconteceu à vossa filha. E mesmo que realmente estivesse alguma coisa naquelas gravações, mesmo que a tal voz realmente exista... - Margarida sorriu-lhe, um sorriso tão caloroso como alguma vez lhe vira. - ...Garanto-te que não é a tua filha a culpar-te por nada. Esteja onde estiver, se é que está em algum lado, coitadinha, ela sabe o quanto a amas. Nunca duvides disso.

Joana conseguiu sorrir também. Um sorriso

sincero, vindo bem de dentro de si. Abraçou a amiga. Sentia-se literalmente mais leve.

Foi Margarida quem quebrou o abraço, longos minutos depois.

- Mas voltando à minha pergunta inicial: Para onde vais quando saíres?

Joana riu-se.

- E eu tenho que voltar à mesma resposta. Eu nem sei se vou sair.

- Vais sim. Nem penses em não sair. Tu mesma disseste que queres viver. E enquanto ali estiveres, ele não deixa.

Margarida tinha razão. Mais uma vez.

- Está bem, mas eu não posso simplesmente tirar tudo de lá de um dia para o outro. E não faço ideia para onde ir...

- Vais para minha casa até arranjares outro sítio. Ficas é no sofá, mas paciência. E não precisas de levar tudo, só mesmo o essencial. O resto vais buscar a casa do Gonçalo quando tiveres poiso definitivo, ele que se aguente.

- E o Miguel, não se importa?

- Ai dele se se importar! Fica sem sexo por um mês se disser nem que seja uma palavra em protesto! Já uma vez lhe fiz isso, e passada uma semana ele praticamente implorou-me que o perdoasse. E sabes que mais? - Ambas caminhavam já em direcção ao emprego. Margarida passou o braço pelos ombros da amiga, e segredou-lhe ao ouvido. - Dessa vez, quem tinha razão era ele.

Riram-se as duas.

O riso de Joana foi interrompido momentos depois por uma vibração no seu bolso. Retirou o telemóvel, e olhou antes de atender. Não conhecia o número.

- Estou?

- Sra. Joana Amaro?

- É a própria. Quem fala?

- Sra. Joana, isto vai ser um choque, mas não fique alarmada, por favor. Daqui fala do Hospital S. Francisco Xavier. Estou a ligar-lhe por causa do seu marido...

PARTE DEZ

- Merda. Merda! MERDA!

À medida que ia passando de um gravador para o seguinte, a frustração de Gonçalo ia aumentando. Por mais que tentasse, não conseguia discernir mais que o som da respectiva ventoinha nas gravações da noite anterior. Nada de Voz, por muito difusa que fosse.

Podia ser falso alarme. A Voz podia estar só menos audível, por alguma razão. Teria que passar tudo para o computador quando chegasse ao emprego, remover o ruído, e ouvir tudo mais atentamente. Afinal de contas, ouvir as gravações enquanto conduzia não era exactamente ideal. Por todas as razões.

Mas não se conseguia controlar. Dava consigo cada vez mais ansioso por chegar a casa para ouvir as gravações do dia anterior, por isso tinha ganho o hábito de andar sempre com pelo menos um dos gravadores.

Naquela manhã, não só levou todos, como os começou a ouvir no carro, em pleno percurso. A ideia dele não era essa, mas foi o que acabou por fazer.

- A culpa é dela...

A verdade é que mal arrancara com o carro, e começara a pensar em Joana, e na ameaça que fizera em sair de casa. Quanto mais pensava nisso, mais sentia um calafrio a percorrer-lhe a espinha. Pareceu-lhe que sentia mesmo medo da partida de Joana, por alguma razão. E tentar analisar isso assustava-o ainda mais, por isso tentou distrair-se com alguma coisa, e o seu primeiro instinto fora deitar a mão a um dos gravadores. A frustração tratou do resto.

Era estranho a Voz ter parado precisamente

no dia em que Joana ameaçara sair de casa. Estranho demais para ser coincidência. Mas que significaria isso? Seria a Voz uma mensagem para Joana, e não para ele? Mas nesse caso, porque ouviria ele a Voz, e Joana não?

Claro que havia a possibilidade de Joana conseguir ouvir, e negar só para o contrariar. "Capaz disso era ela", pensou. "Só para me convencer que estou maluco!"

Por mais que a ideia lhe desagradasse, tinha que admitir que já pensara nessa possibilidade. Ouvir vozes que mais ninguém ouve não é exactamente sinal de sanidade, e levar isso ao ponto da obsessão é-o menos ainda. Mas não fazia sentido, porque a enlouquecer, teria enlouquecido quando Filipa morrera, não tanto tempo depois. Além disso, sempre ouvira dizer que questionar-se sobre a sua própria sanidade é sinal de que ainda se é são, e ele tinha-o feito, portanto sabendo que não estava doido, não se questionou mais. A Voz estava lá. Era real.

Só que agora já lá não estava, e isso não fazia sentido nenhum. Por que deixaria a Filipa de lhe falar se--

Deteve-se. "A Filipa". Já se referia à Voz como sendo a filha. Sempre acreditara que fosse, mas era a primeira vez que partia desse princípio automaticamente.

Gonçalo nunca acreditara em esoterismo ou sobrenatural. Em adolescente percebera que o mundo fazia mais sentido para si como ateu praticante e céptico acérrimo, e isso ficara consigo toda a vida. Mesmo quando a filha se fora, tentou mudar de ideia, procurar conforto na possibilidade da verdadeira essência de Filipa ainda existir em algum lugar, de perdurar num plano de existência perfeito em que o tempo e a dor não existem, como certa vez Joana lhe sugerira. Mas nunca conseguira.

E no entanto, quando a voz surgiu, foi a primeira coisa que lhe ocorreu. Procurou outras explicações, mas não encontrou nenhuma, especialmente sentindo pela Voz a familiaridade que sentia, como se fosse parte de si.

Mas era a primeira vez que assumia isso perante si próprio. A Voz era a Filipa. Talvez estivesse no tal plano sem tempo nem dor, talvez não. Mas não tinha dúvidas de ela queria falar com ele.

As lágrimas, vindas de repente, toldaram-lhe a visão, e por um segundo esqueceu-se de prestar atenção à condução.

Foi o bastante.

PARTE ONZE

De acordo com o que a Polícia explicou a Joana no Hospital, o que se passou foi o seguinte:

A caminho do emprego, Gonçalo bateu no carro que ia à sua frente. Nada de especial, só uns riscos nos para-choques dos dois carros.

Ambos os condutores saíram dos veículos para inspeccionar o estrago. As testemunhas dizem que, embora ambos estivessem visivelmente irritados, Gonçalo foi o primeiro a insultar o outro, apesar de ninguém saber exactamente qual o insulto.

Continuaram a insultar-se, passando depressa para acenos de cabeça provocatórios, enchimentos de peito, e ocupação indesejada do espaço pessoal alheio.

Gonçalo respondeu com um soco.

Tornou-se impossível discernir quem fez o quê por alguns segundos. Agarraram-se, afastaram-se, socaram-se, foi tudo demasiado rápido. No entanto, rapidamente se tornou claro que o outro condutor tinha vantagem. Por essa altura já não trocavam palavras, nem sequer insultos. Gonçalo caiu ao chão, e o outro continuou a esmurrá-lo e pontapeá-lo com toda a força, chegando até a usar um bastão curto que tirou de dentro do carro. Houve quem o tentasse agarrar, mas mesmo assim ele soltou-se por três vezes, voltando sempre a descarregar toda a sua fúria no corpo cada vez mais inerte de Gonçalo. Só quando seis pessoas agarraram no condutor ao mesmo tempo é que o conseguiram finalmente parar, e mesmo assim foi preciso chegar a Polícia para o imobilizar de vez.

Joana estava prestes a entrar no quarto de

Gonçalo, quando uma enfermeira a deteve, e depois de se certificar de quem era, entregou-lhe um ramo de flores.

O ramo vinha acompanhado de um envelope. Joana devolveu as flores à enfermeira, e abriu-o.

Numa carta mais curta do que seria de esperar, a mulher do homem que espancara Gonçalo apresentava desculpas secas, sem tentar sequer justificar as acções do marido. Apesar disso, oferecia-se para pagar todas as despesas médicas.

Joana meteu a mão no bolso, e antes que entrasse no quarto, a enfermeira perguntou-lhe o que fazer com as flores.

- O lixo é um bom sítio para elas. - Respondeu.

PARTE DOZE

Ao olhar para Gonçalo na cama de hospital, Joana perguntava-se se a mulher do outro condutor teria dinheiro suficiente. Porque ia ser preciso muito.

Gonçalo estava inconsciente. Não estava em coma propriamente dito, mas ainda não tinha recuperado a consciência desde que caíra na estrada.

- É natural que só acorde quando o inchaço no cérebro passar - Tinha dito o médico. - Só aí vamos saber quais os danos, e se serão ou não permanentes.

Para além dos possíveis danos cerebrais, e várias hemorragias internas (já sanadas por cirurgia), haviam numerosas fracturas por todo o corpo, umas mais sérias que outras. As mais graves pareciam ser as das pernas, onde o outro condutor o tinha pisoteado com força quando o tentaram afastar. A perna direita estava partida em sete pontos, a esquerda em três e o pé praticamente esmagado.

O torso também tinha sido atingido, com duas costelas partidas, e várias lesões menores.

Curiosamente, o rosto e os braços tinham escapado relativamente ilesos. Estavam cobertos de hematomas, mas esses desapareceriam rapidamente. De acordo com o médico, eram mais inchaços que feridas, e não deixariam grandes marcas.

Tudo isto reflectia-se no aspecto de Gonçalo. As duas pernas engessadas e suspensas, e todo o resto do corpo coberto com ligaduras. Não chegavam para o fazer parecer uma múmia, mas quase.

A mulher teria que gastar mesmo muito

dinheiro.

Joana estava sentada junto à cama. Nem sabia muito bem o que estava ali a fazer, mas não conseguia coragem para sair. Apenas ficava ali sentada, a olhar para o marido.

"Isto é culpa minha."

O pensamento vinha-lhe constantemente. Tentava afastá-lo, mas nunca o conseguia por muito tempo. Sentia-se culpada pelo que tinha acontecido. "Se eu não tivesse saído de casa", pensou, mas logo percebeu que estava errada. Ela tinha decidido sair de casa, sim, mas nem tivera ocasião de o fazer. E mesmo que tivesse chegado a sair, não tinha que sentir-se culpada por deixá-lo só.

Mesmo assim, sentia-se mal. Não conseguia deixar de pensar que, se não tivesse decidido sair, ou não tivesse discutido com Gonçalo, ou se não se tivesse sentido aliviada por sair, aquilo não teria acontecido, e Gonçalo estaria bem.

Olhou para o rosto ferido do marido, e suspirou. Em tempos, ela gostara dele, não gostara? Já nem sabia. Tinha a vaga sensação de que quando se tinha envolvido com ele, há tão pouco mas tanto tempo, não tinha sido meramente carnal. Tinha realmente gostado dele. Se calhar não amado, não completamente, mas as sementes disso estavam lá, tinha a certeza. Mas a pressão da gravidez inesperada mudara tudo. E trouxera-os àquele hospital.

"Isto é culpa minha."

Desviou os olhos por um segundo, e subitamente pareceu-lhe ouvir a voz do marido, frágil e distante. Mas quando olhou para ele, ele estava imóvel. Tal como um segundo antes.

"Agora sou eu a ouvir coisas." Sorriu, sem grande alegria, e deu consigo a acariciar o rosto de Gonçalo.

Ele abriu os olhos.

Joana sentiu os olhos a humedecerem, mas controlou-se. Fez por não chorar, mas não conseguiu deixar de sorrir.

- Olá. - Disse Joana, agarrando a mão do marido.

Gonçalo agarrou-lha de volta. E fazendo um esforço que a Joana pareceu sobre-humano, conseguiu sorrir-lhe.

PARTE TREZE

Meses depois, Joana ainda não voltara a sorrir.

As primeiras semanas não tinham sido más, mas essas foram as que Gonçalo passou no hospital. Joana meteu baixa no emprego, e dedicou-se exclusivamente a acompanhar o marido. Por sugestão dele, e claro, contra a opinião de Margarida. Mas Joana estava convencida de ser a decisão certa.

Joana atribuiu o facto de falarem pouco à condição fragilizada de Gonçalo. Sabia que ele precisava de repouso acima de tudo. E além disso, passavam o dia num quarto de hospital onde não acontecia nada, que assunto é que teriam para falar?

O único assunto de que Joana realmente teria querido falar era da Voz. Queria saber se o marido já tinha percebido o quão ilusória ela era, e como iriam ser as coisas daí em diante. Mas presumiu que a conversa o fosse enervar, como tal não a puxou. Teriam tempo para isso quando regressassem a casa, especialmente quando ele descobrisse que Joana se livrou dos gravadores todos.

No entanto, contrariamente ao que esperava, ele não disse nada. Joana nem tinha como saber se ele os procurou ou não. Nos primeiros dias de regresso a casa certamente não procurou, uma vez que ainda estava acamado, mas com o passar do tempo, à medida que ele começou a conseguir deslocar-se (primeiro numa cadeira de rodas, e pouco tempo depois de muletas), poderia ter procurado os aparelhos.

Se o fez, não disse nada. E como tal, Joana voltou a não puxar a conversa. Tentou puxar outras, conversas de ocasião entre marido e mulher, mas mesmo essas raras vezes conseguiu.

Uma das que conseguiu, no entanto, foi a do dia em que Gonçalo decidiu que queria passar a ir ao centro de fisioterapia pelo seu pé, em vez de esperar pela visita diária da fisioterapeuta.

- Joana, eu não posso deixar-me atrofiar. Aquilo é mesmo ao virar da esquina. Só me vai fazer bem, e eu estou a dar em doido aqui fechado.

- Não sei. Acho má ideia. Nem o médico nem a terapeuta disseram que já podias andar assim tanto.

- Eu estou a cagar-me para o que eles dizem! Eu vou, e sei que posso! EU NÃO SOU NENHUM INVÁLIDO!

Joana ainda insistiu, mas no fundo sabia que não o conseguiria demover. Acabou por acompanhá-lo ao centro.

Não houve problema nenhum. Gonçalo deslocava-se lentamente, mas fazia-o suficientemente bem. Passada uma semana, já ia à fisioterapia sozinho, e Joana aproveitava o tempo para fazer alguma coisa por si.

Numa tarde em que tinha aproveitado esse

tempo para beber um café com Margarida (que mais uma vez lembrou Joana da enorme asneira que estava a fazer), pareceu-lhe ouvir algo quando entrou em casa.

- Gonçalo?

Ninguém respondeu. Não era costume o marido regressar antes dela, mas não era impossível. Ao procurar pela casa, verificou que não era o caso. No entanto, detectou um ruído familiar vindo de uma das prateleiras da sala.

Era uma ventoinha pequena, ligada a um gravador digital.

PARTE CATORZE

Quando Gonçalo chegou da fisioterapia, Joana ainda não decidira o que fazer. Sabia que a presença do gravador não augurava nada de bom, mas por outro lado, não se sentia particularmente ansiosa por confrontar o marido.

Gonçalo entrou na sala, viu Joana sentada no sofá, e deu meia volta.

- Olá. - Disse ela. Ele não respondeu, e dirigiu-se para a cozinha. Ela foi atrás, mantendo distância.

- Como correu o tratamento? - Continuou Joana.

Gonçalo terminou de encher um copo de água, pousou o jarro de vidro, e só depois respondeu.

- Bem. - Disse ele, bebendo meio copo de seguida.

Joana sentou-se à mesa, olhando de relance para a loiça suja em cima dela. Em circunstâncias normais, seria o dia de Gonçalo limpar tudo, mas obviamente que não estando ele completamente recuperado, competia-lhe a ela. Embora naquela tarde tivesse deixado para depois, de forma a sair a tempo de encontrar-se com Margarida.

Gonçalo continuava de pé, apoiado nas suas muletas. Olhou para Joana com um ar estranho, que ela não reconheceu. Mas não viu nele nenhuma espécie de apreço ou carinho.

Quando Gonçalo se preparava para deixar a cozinha, Joana não se conteve.

- Encontrei o gravador na sala.

Gonçalo estacou no sítio, mas não teve mais reacção.

- Eu tinha esperança que tivesses ultrapassado

isto. Pensava que já tinhas percebido que está tudo na tua cabeça, e afinal estás outra vez a deixar-te levar. - Mais uma vez, Joana não se conseguia conter. Mas agora era o tom de lamento por detrás das palavras que preferia ter silenciado, e não as palavras em si.

- A deixar-me levar? - O rosto de Gonçalo contorcia-se, mais irado a cada segundo. - A deixar-me levar??? Não sejas estúpida! E não te metas! Se não queres saber o que ela diz, então mete-te na tua vida e deixa-me tratar da minha!

- Não me meto? Gonçalo, eu preocupo-me contigo! E vejo-te a ser irracional, a deixares-te levar pela ilusão de--

- Ilusão? Achas que estou iludido, é? - Gonçalo soltou uma gargalhada, que assustou mais Joana do que o tom com que falava. - Iludida estás tu!

- Eu? Como assim?

Gonçalo aproximou-se dela, e olhou-a de alto.

- Achas mesmo que eu te quero para alguma coisa?

Joana não soube o que responder. Sentiu um aperto no estômago, e abriu a boca para falar, mas não saiu som nenhum.

- Achas mesmo que eu preciso de ti? Que gosto de ti? - Continuou ele. - Eu não preciso de ti para NADA! Não te posso ver à minha frente! És uma inútil, uma fraca, e tu é que te iludes ao pensar que estás aqui porque gosto de ti. Tu é que te iludiste ao decidir não sair de casa. Não me venhas chamar iludido a mim.

- Mas... - A palavra saiu a custo da boca de Joana, e as seguintes pareciam exigir tanto ou mais esforço. - Mas então porque não me deixaste ir? Quando tiveste hipótese, porque não me deixaste ir? Pensei que tivesses voltado a gostar de mim...

- Eu NUNCA gostei de ti. Nem tu de mim. Nunca estivemos juntos pelas razões certas, e a única razão pela qual te esqueceste disso foi porque te acomodaste! Tu és fraca, Joana. Fraca e dependente. Precisas de viver para alguém, e calhou viveres para mim. Mas isso é fraqueza, não é amor. Achas que é possível gostar de alguém assim?

Joana não o conseguia encarar. Por mais que as palavras a magoassem, reconhecia a verdade nelas, e isso era o que mais lhe doía.

- Então porque me quiseste de volta? - Lágrimas tentaram escapar-lhe pelos olhos, e desta vez não as conteve. - No hospital tu fizeste-me crer que me querias de volta. Porquê? Se me desprezas assim tanto...!

Gonçalo inclinou-se ligeiramente sobre Joana antes de responder.

- Porque é o que mereces.

- Mereço?

- Mereces. É o teu castigo. Ficar o resto da vida com alguém que te odeia, porque não tens força para te ires embora. É o que mereces.

Joana não aguentava mais estar sentada. Ergueu-se da cadeira de repente, e apoiou-se na mesa. Gonçalo deu um passo para trás, surpreendido, e quase caiu das muletas. Os seus olhos cruzaram-se, ao mesmo nível.

- Porque raio mereço eu isso? Diz-me! Ser fraca não é pecado! Quem me dera não ser, mas não chega para merecer a maneira como me tratas!

- Como se não soubesses.

- Não! Não sei! Diz-me! Porque é que mereço

o teu castigo? Diz-me!

- Pela Filipa!

As palavras atingiram o peito de Joana, certeiras, e atiraram-na de volta para a cadeira. A vontade de Joana era parar, deixar Gonçalo ir para outro lado, chorar sozinha. Levou a mão à sua boca, sem saber porquê. Sentiu a mão trémula no seu rosto.

E explodiu.

- Vai à merda! Não te atrevas a acusar-me disso!

- Ai atrevo, sim! A nossa filha morreu por tua causa, e hás-de sofrer por isso o resto dos teus dias, cabra!

- NÃO FOI POR MINHA CAUSA! - Com um murro na mesa, que abanou toda a loiça, Joana voltou a erguer-se. - NÃO FOI! NÃO FOI!

As palavras surpreenderam Joana. Não tanto pelo conteúdo, porque sabia que nunca seria capaz de assumir culpa pelo que acontecera à filha. Mas sim por senti-las como verdadeiras. Não se sentia a disfarçar, ou a mentir, ou a proteger-se. Sentia-se a ser honesta, pela primeira vez em muito tempo.

As forças escaparam-lhe, e apoiou-se na mesa. Quando voltou a falar, a voz saiu-lhe calma, mas firme.

- Não foi culpa de ninguém, Gonçalo. A nossa filha adoeceu, e foi-se. Fizemos o que podíamos. Não foi culpa minha.

- FOI SIM! - Agora era Gonçalo que parecia descontrolado. - FOI CULPA TUA, SIM! DEVIAS TER CUIDADO MELHOR DELA! FOI CULPA TUA! SE NÃO FOI TUA FOI DE QUEM, HÃ? DE QUEM? PORQUE MINHA NÃO FOI, OUVISTE? MINHA NÃO FOI! SÓ PODE TER SIDO TUA!

Joana percebeu, finalmente, de onde vinha toda a ira do marido, embora ele próprio não o entendesse.

- Não foi culpa minha, nem tua, Gonçalo. - Joana ergueu a mão para o rosto dele. Os lábios dele contraíram-se, e os olhos fecharam-se. - Não foi culpa de ninguém. Fizemos o melhor que pudemos pela nossa menina. Simplesmente aconteceu.

Gonçalo abriu os olhos, e retirou à força a

mão dela do seu rosto. A sua expressão estava tão alterada que por um segundo, Joana nem o reconheceu.

- Tens o que mereces. - Repetiu ele. - E quando a minha filha conseguir falar comigo, vai confirmá-lo.

Joana não aguentou mais, e deixou-se cair na cadeira, levando o rosto às suas mãos. Gonçalo deu meia volta, encaminhando-se para fora da cozinha.

- Deixa-me ir, Gonçalo... Eu sozinha não consigo. Já não tenho forças. Tens que ser tu a deixar-me ir. Por favor, ouve-me. Ouve-me a mim, não a essa tua voz que vem da tua cabeça, não de outro mundo. Deixa-me ir, antes que seja tarde. Deixa-me ir...

O resto das palavras de Joana desapareceram entre as suas lágrimas. Gonçalo parou, sem sequer olhar para a mulher.

- Tens o que mereces. Vais ver como a Filipa concorda.

E de repente, Joana perdeu o controlo. Levantou-se, pegou na primeira coisa que lhe veio à mão, o prato que estava à sua frente, e atirou-o ao marido, que se desviou como pôde. Atirou tudo o que estava na mesa, os talheres, os pratos, os copos, o jarro da água. Algumas coisas estilhaçavam-se completamente na parede atrás de Gonçalo, outras partiam-se apenas em dois ou três pedaços e ficavam quase inteiras no chão. Quando acabou a loiça da mesa, Joana passou à dos armários, e continuou a atirar.

E enquanto atirava, quase em transe, repetia sempre a mesma coisa.

- Ouve-me a mim! Ouve-me a mim! Deixa-me ir! Deixa-me ir! DEIXA-ME IR!!!

Ao fim do segundo armário, as forças de Joana foram-se completamente. Sentiu-se desfalecer. Só então reparou no estrago que fizera. Todo o chão estava coberto de loiça partida, cacos menores e maiores, vidros pequenos e objectos quase inteiros.

Olhou para o marido, junto à ombreira da porta. Ele não olhava para ela. Parecia-lhe que ele ainda estava na mesma posição de há minutos.

Uma última vez, as palavras escaparam dos lábios de Joana.

- Gonçalo, ouve o que eu te digo. Por favor, deixa-me ir...

Gonçalo suspirou.

- Limpa isto tudo. - Disse ele. - Hoje é a tua vez de tratar da loiça.

E deixou-a na cozinha.

PARTE QUINZE

―――――――

Sentado no sofá da sala, Gonçalo ligou os auscultadores ao gravador digital, e passou a gravação mais recente. Acelerou-a para o dobro da velocidade. Já tinha ouvido tantas que conseguia sem problemas distinguir os poucos vestígios da Voz por entre o ruído ambiente, mesmo com a velocidade acelerada.

Por mais que tentasse concentrar-se apenas na gravação, ocasionalmente ouvia Joana a chorar na cozinha. Sentiu-se culpado por um segundo.

"Não tenho porque sentir-me mal", pensou.

"Ela está a ser castigada porque merece. Porque a culpa da Filipa ter morrido é dela!" Como por magia, o seu sentimento de culpa desapareceu.

E nesse momento, nesse preciso momento, Gonçalo ouviu algo na gravação.

Parou. Incrédulo, recuou uns segundos na gravação, e devolveu-a à velocidade real.

A Voz estava lá. Clara. Inconfundível. E o que a Voz dizia fez um arrepio atravessar-lhe a espinha. De repente, tudo fazia sentido. De um movimento, ergueu-se do sofá, quase esquecendo-se de usar as muletas. Colocando-as à pressa nos braços, correu para a cozinha como pôde.

- JOANA! - Gritou, alarmado. E desejando que ainda não fosse tarde demais.

PARTE DEZASSEIS

"Ele está enganado", pensou Joana, uma e outra vez. "Ele está enganado sobre mim. Eu sou forte. Eu posso ir embora assim que me apetecer! Ele que se lixe!"

Mas não conseguia parar de chorar. Porque no fundo, sabia que estava a iludir-se. Talvez um dia conseguisse realmente sair, ganhar a força de que precisava para fazer mudanças na sua vida. Mas ainda não a sentia. Ainda não se imaginava com uma vida diferente, ou imaginava sempre maneiras de ser uma vida ainda pior. Era demasiado difícil ignorar o medo de falhar. Pelo menos agora. Um dia conseguiria. Agora não, mas um dia sim.

Mas continuava a chorar.

- JOANA!

O grito inesperado fê-la dar um salto na cadeira. Ouvia o barulho das muletas de Gonçalo a baterem apressadamente no chão, e a virem na sua direcção.

- Deixa-me em paz! - Gritou ela. - Ao menos isso! Ao menos deixa-me em paz agora!

- Não é isso! É a Voz! Tens que ouvir a Voz!

Só a última palavra de Gonçalo foi dita já na cozinha. Não teve tempo de dizer mais nada. Assim que se virou na direcção de Joana, uma das suas muletas escorregou num qualquer pedaço de loiça no chão, e com a pressa com que Gonçalo estava a avançar, não teve tempo de se recompor, desequilibrando-se e caindo para a frente, batendo com o queixo no lava-loiça.

E aterrando em cima de todos os cacos.

Joana ouviu o som de Gonçalo a cair de cara nos pedaços de vidro e loiça. Ouviu o som da carne a bater em vidro. E o que mais a chocou foi o som que Gonçalo fez.

Não foi um grito, não exactamente. Foi abafado, como se alguém sem boca quisesse gritar e não conseguisse.

Gonçalo começava a tentar erguer-se. Joana não se conseguia mexer.

Sangue começava a surgir rapidamente à volta dele, um pouco por todo o lado, mas especialmente na zona do tronco e pescoço. Tentou levantar-se, mas apenas conseguiu colocar-se de lado, apoiado contra o móvel por baixo do lava-loiça. Joana mal conseguia olhar, horrorizada pelo que via no lugar do marido.

O rosto de Gonçalo estava coberto de pequenos cortes, e um ou outro vidro pequeno cravado na pele. No olho direito, estava espetado um caco enorme, talvez do fundo de um prato, e dele escorria algo misturado com sangue, que lhe dava uma cor mais clara que o normal.

No seu pescoço, também arranhado, não estavam espetados vidros, mas tinha um golpe lateral profundo, de onde Joana conseguia ver bastante sangue a sair.

De resto, apenas pequenos pedaços de vidro a rasgar a roupa aqui e ali, com excepção do peito de Gonçalo, onde estava cravado bem fundo algo que Joana reconheceu como a base do jarro da água.

Gonçalo continuava a gritar. Finalmente, Joana conseguiu mexer-se, e com esforço, levantou-se para auxiliar o marido.

Mas parou. E um segundo depois, voltou a sentar-se, sem coragem para olhar para Gonçalo.

- Desculpa, Gonçalo. Desculpa. Mas eu não consigo. Não posso... Não posso!

Era tão difícil arranjar forças para agir e melhorar as coisas. Mas naquele momento e em todos os outros, era tão fácil, tão fácil, simplesmente não fazer nada.

Joana esperou que Gonçalo acabasse de gritar. Eventualmente começou a fazer outro ruído, que ela não reconheceu logo, mas que depois percebeu que era o marido a chorar. Ele chorou, cada vez mais baixo, com cada vez menos vida.

E Joana chorou também, mas nunca olhou.

Só mesmo quando deixou de o ouvir é que ergueu o rosto. O chão da cozinha estava coberto de cacos ensanguentados. Gonçalo estava parado e em silêncio. Irreconhecível.

Talvez fosse por isso que Joana não se sentiu tão culpada como esperava. Ou tão triste.

Sentiu-se, acima de tudo, livre.

Levantou-se, para telefonar ao 112.

E aos seus pés, estava o gravador.

Joana passou por cima dele, mas deu consigo a pensar na urgência com que o marido se deslocou à cozinha. Na aflição no grito dele por ela.

E deu consigo a pegar no gravador.

A sua mão tremeu ao colocar os auscultadores que ainda lhe estavam ligados, e hesitou ao premir a tecla play. Mas acabou por premi-la.

Vinda dos auscultadores, Joana ouviu a Voz do marido.

A Voz repetia uma mesma frase, uma e outra e outra vez. Joana não tinha forças para se mover. Deixou cair o gravador ao chão. Ele soltou-se dos auscultadores, e o som passou a sair do pequeno altifalante lateral.

Joana não precisava dele. Sabia que, pelo resto da sua vida, ouviria a Voz na sua cabeça.

- Quando morreres és minha, cabra! - Repetia a Voz incessantemente. - Quando morreres és minha!

Joana não voltou a ser livre.

SOBRE O AUTOR

Luís Filipe Alves foi escritor toda a vida, mas só deu por isso em 2005. Mesmo assim, às vezes esquece-se.

Foi um dos pioneiros do podcasting nacional com o seu Armário das Calças, que apesar de ter continuado a existir enquanto blog após o final do podcast, foi finalmente encerrado no início de 2012, tendo no seu lugar surgido o seu actual site, LuisFilipeAlves.com.

Foi cofundador do blog de microficção Palavras Contadas, e faz parte da equipa do Outro Lado dos Comics, um blog de análise e notícias de banda desenhada, de onde ainda não foi corrido apesar de pouco contribuir.

É coautor do podcast Na Estrada, embora o faça muito menos vezes do que desejaria.

Continua a escrever o Obviamente, uma newsletter diária feita de observações óbvias, desabafos escusados, e pensamentos avulsos.

E o que quer que esteja a fazer neste preciso momento, devia parar, e escrever mais um bocadinho.

NO PRELO

Para mais notícias sobre lançamentos, discussões sobre escrita, acesso prioritário a cópias para critica, histórias exclusivas, e muito mais, inscreva-se no **NO PRELO**, a *newsletter* semanal de Luís Filipe Alves, em www.luisfilipealves.com/noprelo.

TAMBÉM DISPONÍVEIS

PARAGENS

OBVIAMENTE Vol. 1: 2012/13

FARRAPOS

FARRAPOS 2

ALCUBIERRE

BREVEMENTE

MIL GARES

A VERSÃO MAIS NEGRA DE MIM

FARRAPOS 3

OBVIAMENTE Vol. 2: 2013/14

A CASA DO ETERNO AGORA